AF238775

Texto © Marcelo Duarte
Ilustração © Biry Sarkis

Diretor editorial
Marcelo Duarte

Diretora comercial
Patth Pachas

Diretora de projetos especiais
Tatiana Fulas

Coordenadora editorial
Vanessa Sayuri Sawada

Assistente editorial
Olívia Tavares

Projeto gráfico, diagramação e capa
Camila Teresa

Imagens
p. 22-3: *Independência ou morte* © Pedro Américo/Museu do Ipiranga; p. 34: burro © Lefteris/iStock; jumento © Penny Gumulja/FreeImages; p. 36: Embarque da família real © Museu Histórico e Diplomático do Palácio Itamaraty; dom Pedro I © Simplício Rodrigues de Sá/Domínio público; dom Pedro II © Delfim da Câmara/Acervo do Palácio Itamaraty/Ministério das Relações Exteriores; p. 37: imperatriz Leopoldina © Georgina de Albuquerque/Museu Histórico Nacional; Aclamação de dom Pedro I © Jean Baptiste Debret/Biblioteca Brasiliana Guita e José Mindlin; p. 38: Museu do Ipiranga © Governo do Estado de São Paulo/CC BY 2.0; p. 39: José Bonifácio © Benedito Calixto/Museu Paulista da USP; Maria Leopoldina © Joseph Kreutzinger/Schloss Schönbrunn; Napoleão Bonaparte © Andrea Appiani/Kunsthistorisches Museum; padre Belchior © Domínio público; Pedro Américo © Autorretrato/ Pinacoteca de São Paulo.

Obra premiada no EDITAL DE SELEÇÃO PÚBLICA Nº 01, DLLLB/SEC/ MINC DE 04 DE JULHO DE 2018, Prêmio de Incentivo à Publicação Literária, 200 Anos de Independência, realizado pelo DLLLB.

CIP – BRASIL. CATALOGAÇÃO NA PUBLICAÇÃO
SINDICATO NACIONAL DOS EDITORES DE LIVROS, RJ

D873m
Duarte, Marcelo
Memórias póstumas do Burro da Independência / Marcelo Duarte; ilustração Biry Sarkis – 1. ed. – São Paulo: Panda Books, 2021. 40 pp. il.

ISBN: 978-85-7888-764-3

1. Ficção infantojuvenil brasileira. I. Sarkis, Biry. II. Título.
Bibliotecária: Leandra Felix da Cruz Candido – CRB-7/6135

21-71276   CDD: 808.899282
                                           CDU: 82-93(81)

2021
Todos os direitos reservados à Panda Books.
Um selo da Editora Original Ltda.
Rua Henrique Schaumann, 286, cj. 41
05413-010 – São Paulo – SP
Tel./Fax: (11) 3088-8444
edoriginal@pandabooks.com.br
www.pandabooks.com.br
Visite nosso Facebook, Instagram e Twitter.

Nenhuma parte desta publicação poderá ser reproduzida por qualquer meio ou forma sem a prévia autorização da Editora Original Ltda. A violação dos direitos autorais é crime estabelecido na Lei nº 9.610/98 e punido pelo artigo 184 do Código Penal.

Memórias Póstumas do BURRO da Independência

escrito por
MARCELO DUARTE

ilustrado por
BIRY SARKIS

2ª impressão

PANDA
BOOKS

Posso garantir que subir aquela serra com tanto peso nas costas foi difícil pra burro. O pavimento era uma buraqueira só, enlameado e bastante íngreme. Chegamos arrastando a língua quando alcançamos o planalto.

Faltavam ainda cinco quilômetros para a cidade de São Paulo, trecho em que passaríamos por apenas oito casas. Pelas minhas contas, ainda tínhamos mais seis horas de viagem para completar os setenta quilômetros do percurso.

Paramos próximos a uma venda, em uma área desabitada, para almoçar e para um pequeno descanso. Teve quem tivesse outras urgências. Pedro, o príncipe regente, saiu correndo em direção a um matagal. Já tinha feito outras paradas na Serra do Mar.

Durante a viagem, eu senti – tenho até calafrios de lembrar! – que ele não estava nada bem da barriga. Alguma coisa que ele havia comido em Santos, nosso ponto de partida, não havia lhe caído bem. Pode ter sido também a água com gosto estranho que tomamos em uma bica.

Só sei que ele estava com uma dor de barriga braba. Até me afastei um pouco do arbusto para não presenciar aquela cena terrível.

Ah, desculpe, eu ainda não me apresentei. Sou um dos burros da comitiva de Pedro em 7 de setembro de 1822. "Um", não... Eu era, sem falsa modéstia, o mais importante burro daquela comitiva. O número 1, o preferido, o predestinado. Era eu quem estava carregando o futuro imperador do Brasil nas costas.

Ninguém presenciou mais de perto do que eu tudo o que aconteceu naquela tarde gloriosa. Só os livros de história não me deram o devido valor. Nenhum pesquisador falou de mim. Uma linha que fosse.

Não recebi medalha, nem título de nobreza. Morri de desgosto por ter sido esquecido. Fui enterrado em uma vala comum, sem ao menos uma lápide que reconhecesse a minha importância: "Aqui jaz o Burro da Independência".

Meu corpo deveria estar no Mausoléu da Independência, ao lado de dom Pedro I e de dona Leopoldina. Mas, não. Sei que tenho, sim, um lugar importante na história do Brasil e, por isso, resolvi escrever minhas memórias póstumas. Aqui, da minha cova, achei que era tempo de publicá-las.

Pode ser que você ache que sou um embuste. "O quê?! Era um burro que estava carregando Pedro nas costas no dia da Independência?" Sim, era eu, em carne, osso e ferraduras. Aposto que você deve estar se guiando por aquele quadro enorme pintado por Pedro Américo. Pois farsante é ele. Eu estava ali quando tudo aconteceu, Pedro Américo não.

Ele quis dar um pouco mais de pompa ao evento e colocou uns cavalos garbosos na cena. Tudo mentira! Cavalos não aguentariam o tranco. Éramos burros e mulas mesmo. Esse quadro está cheio de erros. Tanto que, mais adiante, voltarei a falar sobre isso.

Prefiro primeiro me ater aos fatos que presenciei. Pedro estava ali no arbusto sofrendo com cólicas intestinais e às voltas com o número 2.

Chegamos a parar numa estalagem para ele tomar um chá de folha de goiabeira, que diziam ser eficaz contra a diarreia. Faltava um mês para Pedro completar 24 anos. Lembro que ouvi uns cochichos de alguém da comitiva dizendo que ele estava "da cor de burro quando foge". Que expressão pouco adequada. Qual é a cor de burro quando foge?

Uma vez, eu fugi de um tratador que me deu umas varetadas no traseiro e não me lembro de ter mudado de cor. Continuei cinzento do mesmo jeito. A expressão original era "corra do burro quando ele foge" porque a gente sai muito louco, dando pinotes, quando consegue fugir. Pedro não estava em condições de sair dando pinotes.

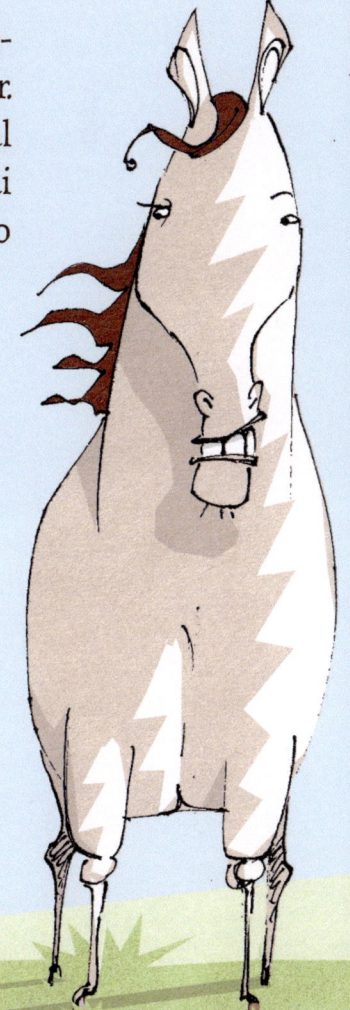

Tenho tanta coisa para contar que até esqueci de dizer meu nome, me desculpe. Todos me chamavam de Fico. Ele me foi dado de brincadeira pelo príncipe regente e pegou. A Corte Portuguesa queria porque queria que Pedro voltasse para a Europa. Mas ele não quis deixar o Brasil.

No dia 9 de janeiro daquele mesmo ano, Pedro subiu numa sacada da capital Rio de Janeiro e disse uma frase que se tornaria célebre: "Se é para o bem de todos e felicidade geral da nação, estou pronto. Digam ao povo que fico". Esse fato entrou para a história como o Dia do Fico. Foi o primeiro passo concreto para a Proclamação da Independência do Brasil.

Pedro gostou tanto desse nome que começou a me chamar de Fico. Eu achava bem apropriado. "Quando esse burro empaca, empaca mesmo. Não tem jeito de tirar ele dali", dizia. Esse sou eu: fico onde estou e pronto.

Foi ali na colina do Ipiranga, às 16h30, enquanto o príncipe erguia as calças e se reestabelecia, bastante emburrado, que vimos dois mensageiros e um alferes chegarem apressados.

A situação entre Brasil e Portugal não estava fácil. Lembro que, pouco tempo antes, Pedro ficou muito bravo quando soube que um deputado português se referiu a ele como "desgraçado e miserável rapaz". Ah, eu também virei um bicho. Fiquei com tanta vontade de dar uns bons coices nesse sujeito.

Pedro recebeu três cartas de dois mensageiros diferentes, que também chegaram em burros como eu. Uma era do ministro José Bonifácio, o principal conselheiro do príncipe. Outra da imperatriz Leopoldina e uma terceira do cônsul britânico do Rio de Janeiro.

Enquanto lia a carta de dona Leopoldina, Pedro ficou muito assustado. Parecia ter visto uma mula sem cabeça. Leu um dos trechos em voz alta, certamente para que nós ouvíssemos:

— O Brasil será em vossas mãos um grande país. O Brasil vos quer para seu monarca. Com o vosso apoio ou sem vosso apoio, ele fará a sua separação. O pomo está maduro, colhei-o já, senão apodrece.

O burro do padre Belchior, ou melhor, o burro que estava conduzindo o padre Belchior, que também fazia parte da comitiva, estava distraído e achou que iam nos servir frutas quando ouviu a palavra "pomo". Eu disse: "Ô, besta quadrada, presta atenção!". Ele tentou argumentar, mas o cortei logo de cara: "Quando um burro fala, o outro abaixa a orelha!". Será que ele não estava percebendo que estávamos prestes a viver um momento histórico? Pedro sentiu que seria uma grande burrada não declarar a Independência imediatamente.

— De hoje em diante estão quebradas as nossas relações. Nada mais quero com o governo português e proclamo o Brasil, para sempre, separado de Portugal.

Quem estava ali à sua volta disse:

— Viva a liberdade! Viva o Brasil separado! Viva dom Pedro!

Ele se virou para um ajudante e pediu:

— Diga à minha guarda que eu acabo de fazer a Independência do Brasil. Estamos separados de Portugal.

Quando ele terminou a frase, nossos olhares se cruzaram. Não consegui disfarçar a minha decepção. Sempre fui muito franco com o príncipe. Ele sacou que eu tinha achado aquela cerimônia um tanto chocha. Precisava ser algo mais grandioso.

— O que foi, Fico? Não gostou?

Balancei a minha cabeça com força para deixar bem claro que não.

— Você acha que precisava ser algo mais grandioso? — perguntou ele.

Foi a vez de balançar a cabeça para dizer que sim. Ele deu uma contemplada no céu. Coçou a cabeça. Colocou a mão no queixo e disparou:

— Então, vamos juntar a guarda e fazer tudo de novo. O que você acha de eu erguer a espada e dizer: "Liberdade ou luta!"?

Balancei a cabeça para dizer que estava em dúvida, que seria melhor pensarmos mais um pouco. Ele ainda tentou "Separação ou sangue!" e "Ou vai ou racha!". Desaprovei ambas.

– E se for... "Independência ou morte!"? O que acha?

Abri um sorrisão daqueles em que meus dentes desalinhados e sujos de capim brilharam. Ele subiu no meu lombo e lá fomos nós juntos para o alto do Ipiranga. Nos dias de hoje, acho que pensaríamos em algo do tipo: "Independência ou vai ter treta!".

Treta mesmo eu tive com o meu maior desafeto. Aqui eu volto a comentar sobre a obra de Pedro Américo. Sabia que ele nem era nascido em 1822? A Associação das Mulas e Jumentos deveria ter feito uma moção de repúdio ao quadro *Independência ou morte*. Não sabe o que é moção?

Este livro não tem notas de rodapé, me desculpe. Melhor consultar o "pai dos burros". Esse pintor simplesmente arruinou a nossa categoria. O que eu soube é que ele estava estudando em Florença, na Itália, em 1886, quando foi contratado para retratar o momento da Independência do Brasil.

Pedro Américo viajou para São Paulo e foi conhecer o local da Proclamação. Conversou até com algumas pessoas que fizeram parte da comitiva. Ou seja, quando terminou a pesquisa, ele tinha uma noção exata de como tudo aconteceu.

Mesmo assim, preferiu distorcer todos os fatos e me jogar no ostracismo. Para dar mais pompa ao seu trabalho, fez uma série de mudanças na cena, finalizando o famoso quadro em 1888.

Acredite: ele escreveu que "trocou o burro (no caso, eu) por um cavalo porque tal montaria não condizia com a cena da Independência". Que ideia de jerico! Se fosse nos dias atuais, não duvido que Pedro Américo pintasse dom Pedro em cima de um unicórnio. Mudou também as roupas da comitiva e até a posição geográfica do Ipiranga.

Pedro Américo deixou o riacho à frente de dom Pedro, quando ele deveria estar atrás. Colocou ainda o riacho mais próximo da Casa do Grito (na época da Proclamação, era uma venda conhecida como Rancho Nacional), que ficava a 140 metros de distância. Enfim, tudo errado.

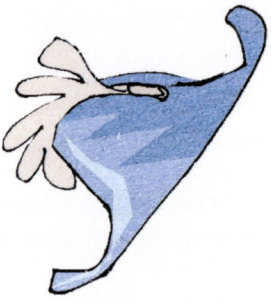

Mas deixemos esse quadro de lado e voltemos aos fatos reais. Fomos ao encontro da guarda de honra. Ela estava em uma formação de semicírculo. Paramos no meio dela. Pedro tirou a espada da bainha. Eu era pura adrenalina. Naquele momento, se me mandassem, eu subiria a Serra do Mar em duas patas.

— Amigos, as Cortes Portuguesas querem mesmo escravizar-nos e perseguem-nos. De hoje em diante, nossas relações estão quebradas. Nenhum laço nos une mais.

Ele arrancou o laço azul e branco que trazia no chapéu, jogando-o no chão. Pus a minha pata em cima dele para mostrar meu apoio. Toda a guarda tirou o símbolo da nação portuguesa que trazia no braço.

— Laço fora, soldados! Viva a Independência e a liberdade do Brasil! — Pedro estava tão entusiasmado que nem lembrava aquele homem que passou por apuros no matinho alguns minutos antes.

Os guardas também desembainharam suas espadas e soltaram gritos de "viva". Pedro continuou:

— Pelo meu sangue, pela minha honra, pelo meu Deus, juro fazer a liberdade do Brasil.

— Juramos! — disseram todos.

E aí veio o ponto máximo da Proclamação, o ápice da festa, a frase que havíamos criados juntos:

— Brasileiros, a nossa divisa de hoje em diante será independência ou morte!; e as nossas cores, verde e amarelo, em substituição às da Corte.

Quando a comitiva repetiu o "Independência ou morte!", eu me arrepiei da franja da testa até o último pelo do meu rabo.

Não via a hora de picar a mula e chegar logo em São Paulo. Pedro também. Tanto que me deu três daqueles chutinhos irritantes na barriga para que eu acelerasse (mas regime que é bom, ele nunca pensou em fazer, né?).

Naquela noite, entramos triunfalmente na cidade. Fomos saudados pelos sinos das igrejas. A guarda de honra foi rebatizada de Dragões da Independência. Levei Pedro até o teatro e ali ele foi ovacionado pela plateia.

A luta pela Independência não terminou ali. Dom Pedro I enfrentou muitos problemas, inclusive de ordem pessoal. Nunca o vi tão amuado. A pressão foi tão grande que ele teve que ir embora para Portugal em 13 de abril de 1831, seis dias depois de abdicar do trono do Brasil, deixando seu filho de cinco anos no lugar.

Pensei que o imperador me levaria com ele. Ou me daria o título de barão de Asnolândia, marquês de Jumentópolis ou conde de Jeguetiba. Poderia, ao menos, ter me ordenado dom Fico Primeiro. Mas não fez nada disso. Simplesmente me deu as costas. Partiu na fragata *Volage* e morreria em Portugal três anos depois.

A dor do esquecimento me levou bem antes. Morri pouco mais de um mês depois da partida dele. Dia 18 de maio de 1831. Sempre fui um entusiasta da monarquia, mas vi depois que os republicanos trataram melhor seus heróis quadrúpedes. No dia da Proclamação da República, em 1889, o marechal Deodoro da Fonseca estava montado em um cavalo manso chamado Número 6.

O cavalo ganhou uma placa junto à sua baia e nunca mais seria montado até sua morte, em 1906. E ele nem precisou subir uma serra inteira como eu. Isso sim é que é reconhecimento. Eu, infelizmente, não tive nenhum. Você nunca soube de mim. Seu professor de história nunca me citou. Nunca fui pergunta do vestibular. Ao terminar de ler meu livro, você certamente esquecerá a minha existência.

Mas eu jamais me esquecerei de tudo o que vivi naquela tarde. Tudo ali, a quatrocentos metros das águas avermelhadas do riacho do Ipiranga. O Brasil nascendo como nação independente. Rompendo os laços com Portugal. E eu, todo orgulhoso, carregando o nosso imperador.

A alegria era tanta que pensei até em sugerir a todos os burros da comitiva que pulássemos na água como um gesto para abençoar a Independência, mas logo me dei conta de que poderia não ser uma boa ideia. Com certeza diriam que o Brasil já começava sua nova vida dando com os burros na água.

PARA SABER MAIS

e não cometer nenhuma asneira!

BURRO OU JUMENTO?

É bom mesmo não confundir para não levar um coice. Jumento, asno e jegue são exatamente o mesmo animal. O jumento é famoso por sua grande resistência. Desde o início das civilizações, ele é utilizado como animal de carga, sela e tração, sendo muito útil para trabalhos pesados no campo.

Mas mula e burro são outro animal, formados a partir do cruzamento entre um jumento e uma égua. Se for fêmea, é chamada de mula; o burro é o macho. Dentre as principais diferenças entre burro e jumento estão as orelhas, o porte e a pelagem. As orelhas dos jumentos são bem maiores, mas eles perdem em altura para os burros, que são mais altos. Quanto à pelagem, o jumento é mais peludo, enquanto o pelo do burro é baixo como o do cavalo. O jumento também é conhecido popularmente como asno e jegue.

Burro

Jumento

GLOSSÁRIO

Abdicar: renunciar, abandonar o cargo por vontade própria.

Alferes: patente oficial abaixo de tenente. No Brasil, a designação foi substituída pela de segundo-tenente.

Cortes Portuguesas: as Cortes eram formadas pela Câmara dos Senhores Deputados da Nação Portuguesa (eleita por voto) e pela Câmara dos Digníssimos Pares do Reino (nomeada pelo rei). As Cortes detinham o poder legislativo e eram o órgão máximo da estrutura política, tendo a supremacia sobre todos os outros poderes.

Dia do Fico: em 9 de janeiro de 1822, o então príncipe regente dom Pedro I declarou que não cumpriria as ordens das Cortes Portuguesas, que exigiam sua volta a Lisboa, e que ficaria no Brasil.

Independência do Brasil: foi o processo histórico de separação entre Brasil e Portugal, que se estendeu de 1821 a 1825, colocando em violenta oposição as duas partes dentro do Reino Unido de Portugal, Brasil e Algarves.

Moção: proposta ou proposição feita por algum participante em uma assembleia para que seja avaliada e votada.

Monarquia: é uma forma de governo em que um monarca (tal como um rei ou imperador) exerce a função de chefe de Estado e mantém-se no cargo até a sua morte ou abdicação.

Príncipe Regente: título do herdeiro do trono que toma posse por motivos que impossibilitaram o mandato do rei legítimo.

República: é uma forma de governo na qual o chefe de Estado (presidente da República) é eleito pelo povo ou seus representantes, tendo a sua chefia uma duração limitada. A eleição normalmente é realizada por meio do voto livre e secreto.

A MONARQUIA BRASILEIRA

O Brasil foi o único país da América do Sul que teve monarquia. No final de 1807, o general francês Napoleão Bonaparte ameaçava invadir Portugal. Foi aí que a Família Real, chefiada pelo príncipe regente dom João VI, resolveu partir para o Brasil, uma de suas colônias, com a mãe, a mulher e dois filhos. Não só com a família. Entre 10 mil e 15 mil pessoas da nobreza portuguesa fugiram em massa para cá.

Depois de expulsar as tropas de Napoleão, os políticos portugueses exigiram a volta de dom João VI à sua pátria. Conhecido por ser indeciso, ele acabou cedendo às pressões e retornou para Portugal, mas deixou aqui seu filho, Pedro, já pensando na iminente independência. Mesmo depois da Proclamação, em 7 de setembro de 1822, o Brasil continuou sendo uma monarquia por mais 67 anos.

GRANDE PRA BURRO!

O nome de dom Pedro I era grande pra burro: Pedro de Alcântara Francisco Antônio João Carlos Xavier de Paula Miguel Gabriel Rafael Joaquim José Gonzaga Pascoal Cipriano Serafim de Bragança e Bourbon.

Seu filho, dom Pedro II, ganhou um nome um pouquinho menor. Só um pouquinho: Pedro de Alcântara João Carlos Leopoldo Salvador Bibiano Francisco Xavier de Paula Leocádio Miguel Gabriel Rafael Gonzaga.

dom Pedro I

dom Pedro II

LEOPOLDINA DÁ AS CARTAS

Leopoldina estava no comando do Reino do Brasil desde 13 de agosto de 1822, quando Pedro fez sua famosa viagem à província de São Paulo, que culminou com a Proclamação da Independência. Ela convocou o Conselho de Estado no dia 2 de setembro, no Rio de Janeiro, e determinou, com o apoio dos ministros, a separação definitiva entre Brasil e Portugal. Leopoldina estava indignada com as últimas deliberações do governo português, que exigia a volta imediata da Casal Real para Lisboa e ameaçava dissolver o reino brasileiro, com a instalação de juntas governamentais. Foi por isso que ela enviou pelo mensageiro Paulo Bregaro a carta que encontrou Pedro ao chegar em São Paulo.

O PRIMEIRO IMPERADOR

Dom Pedro I foi aclamado imperador em 12 de outubro de 1822, em uma cerimônia no campo de Santana (atual Praça da República), no Rio de Janeiro. Na missa realizada em 1º de dezembro do mesmo ano, recebeu a coroa imperial em uma cerimônia que havia sido abolida pelos portugueses. Pela Constituição de 1824, a primeira de nossa história, o cargo passou a se chamar Imperador Constitucional e Defensor Perpétuo do Brasil.

COFRINHO VAZIO

Depois da Proclamação da Independência, o Brasil teve um longo caminho de conflitos internos até conquistar de fato a separação. Pagou 2 milhões de libras esterlinas a Portugal como compensação pela independência. Vale lembrar que, ao deixar o país, dom João VI já tinha raspado os cofres brasileiros.

O QUADRO E O MAUSOLÉU

Museu do Ipiranga

Independência ou morte, o quadro mais odiado por Fico, entrou para a história como o retrato do momento da Proclamação. Ele mede 7,6 X 4,15 metros e está no Museu do Ipiranga, em São Paulo.

Nos festejos do sesquicentenário da Independência, em 1972, os ossos de dom Pedro I voltaram ao Brasil. Estão na cripta em frente ao Museu do Ipiranga.

PERSONAGENS REAIS QUE APARECEM NESTA HISTÓRIA

José Bonifácio de Andrada e Silva (1763-1838)

Estadista e poeta luso-brasileiro, conhecido como "Patriarca da Independência" por seu papel decisivo na Independência do Brasil.

Maria Leopoldina de Áustria (1797-1826)

Arquiduquesa da Áustria, foi a primeira esposa de dom Pedro I, de 1822 até sua morte. Atuou como Rainha Consorte do Reino de Portugal e Algarves entre março e maio de 1826.

Napoleão Bonaparte (1769-1821)

Estadista e líder militar francês que ganhou destaque durante a Revolução Francesa e liderou várias campanhas militares de sucesso durante as Guerras Revolucionárias Francesas. Foi imperador dos franceses como Napoleão I de 1804 a 1814, e brevemente em 1815 durante os Cem Dias.

Padre Belchior Pinheiro de Oliveiras (1775-1856)

Foi um político e religioso brasileiro. Era primo de José Bonifácio de Andrada e Silva, ou melhor, sobrinho-neto do pai de José Bonifácio. Foi deputado brasileiro nas Cortes de Lisboa representando Minas Gerais.

Pedro Américo de Figueiredo e Melo (1843-1905)

Romancista, poeta, cientista, teórico de arte, ensaísta, filósofo, político e professor, porém é mais lembrado como um dos mais importantes pintores acadêmicos do Brasil.

© Paula Korosue

MARCELO DUARTE

Faltavam poucos dias para eu completar oito anos quando fui ver *Independência ou morte!*, que acabara de estrear nos cinemas de São Paulo. Tarcísio Meira, o maior galã da época, fazia o papel de dom Pedro. A cena da Proclamação da Independência ficou impressionante naquela tela enorme. Pois eu nunca mais parei de ler livros e histórias sobre o 7 de setembro de 1822. Algum tempo depois, já mais crescido, eu descobriria que o momento da independência não tinha sido exatamente como no filme e no famoso quadro de Pedro Américo. Para começar, Pedro e sua comitiva não montavam garbosos cavalos, mas valentes mulas. Virei jornalista, escrevi trinta livros (os infantis e os juvenis são os meus preferidos!) e me tornei um curioso em tempo integral. Foi em uma de minhas pesquisas que descobri os manuscritos (ou será "patascritos"?) do burro Fico, com uma versão inédita de tudo o que aconteceu às margens do riacho do Ipiranga. Não publicar esse seu incrível relato seria uma grande burrice, concorda?

BIRY SARKIS

Biry é apelido, vem de Birigui, um personagem que criei muitos anos atrás. Já o Sarkis é meu mesmo. Desenho desde sempre, mas demorei um pouco para começar a ilustrar livros e conseguir minha *independência*. Não precisei trabalhar como um *burro*, mas também não foi tão fácil. Já desenhei para algumas revistas (antes da internet existiam muitas revistas! Eu adorava). Faço ilustrações também para livros didáticos, esses que você usa na escola, só que o que eu gosto de desenhar mesmo são livros com histórias, principalmente com bichos. Amo bichos, mas não cachorros e gatos, prefiro bichos não tão fofos, como o protagonista deste livro.